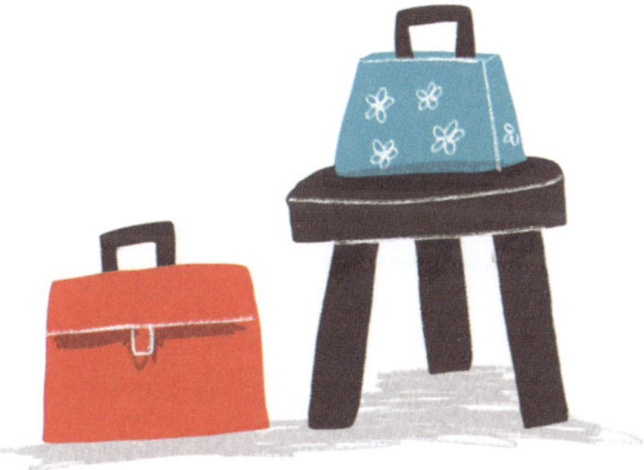

图书在版编目（CIP）数据

我恶心的动物邻居.7，虱子 /（加）埃莉斯·格拉韦尔著；黄丹青译. — 西安：西安出版社，2023.4
ISBN 978-7-5541-6585-0

Ⅰ.①我… Ⅱ.①埃… ②黄… Ⅲ.①儿童故事—图画故事—加拿大—现代 Ⅳ.①I711.85

中国国家版本馆CIP数据核字（2023）第024642号
著作权合同登记号：陕版出图字25-2022-050

DISGUSTING CRITTERS:HEAD LICE
Text and Illustrations copyright © 2015 by Elise Gravel. All rights reserved. Simplified Chinese translation rights arranged with Painted Words Inc. through RightsMix LLC

我恶心的动物邻居 虱子 WO EXIN DE DONGWU LINJU SHIZI
[加]埃莉斯·格拉韦尔 著　黄丹青 译

图书策划	郑玉涵	责任编辑	朱 艳
封面设计	牛 娜	特约编辑	郭梦玉
美术编辑	张　睿　葛海姣		

出版发行　西安出版社
地址　西安市曲江新区雁南五路1868号影视演艺大厦11层（邮编710061）
印刷　东莞市四季印刷有限公司
开本　787mm×1092mm 1/25　印张 12.8
字数　72千字
版次　2023年4月第1版
印次　2023年4月第1次印刷
书号　ISBN 978-7-5541-6585-0
定价　138.00元（共10册）

出品策划　荣信教育文化产业发展股份有限公司
网址　www.lelequ.com　　电话　400-848-8788
乐乐趣品牌归荣信教育文化产业发展股份有限公司独家拥有
版权所有　翻印必究

我恶心的动物邻居

[加]埃莉斯·格拉韦尔 著

黄丹青 译

虱子

西安出版社

小朋友们，今天让我们来认识一个非常特别的朋友——

虱子。

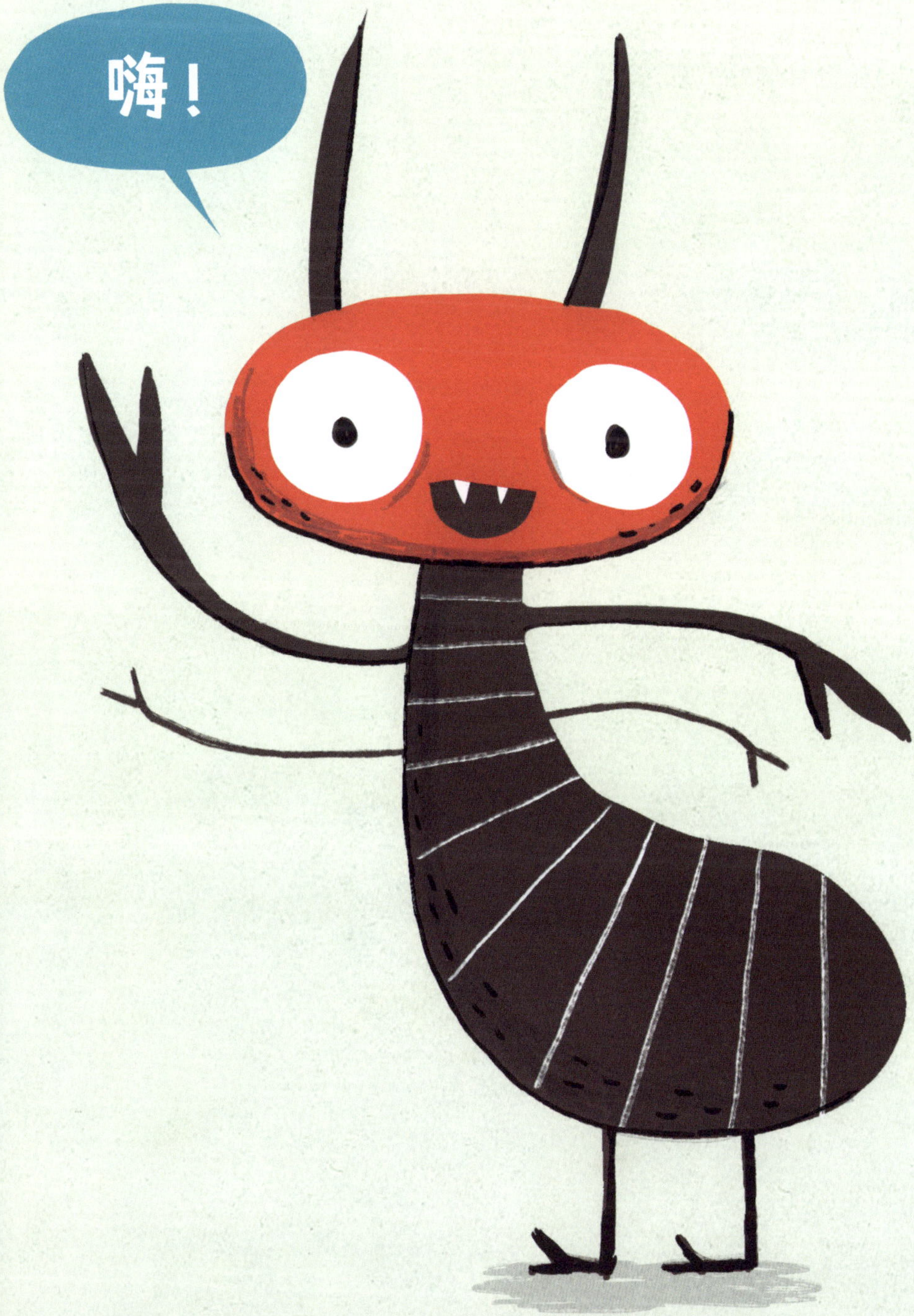
嗨！

虱子长着

6条腿，

所以它是

昆虫。

> 嗯，没错，很明显我不是一种**水果**！

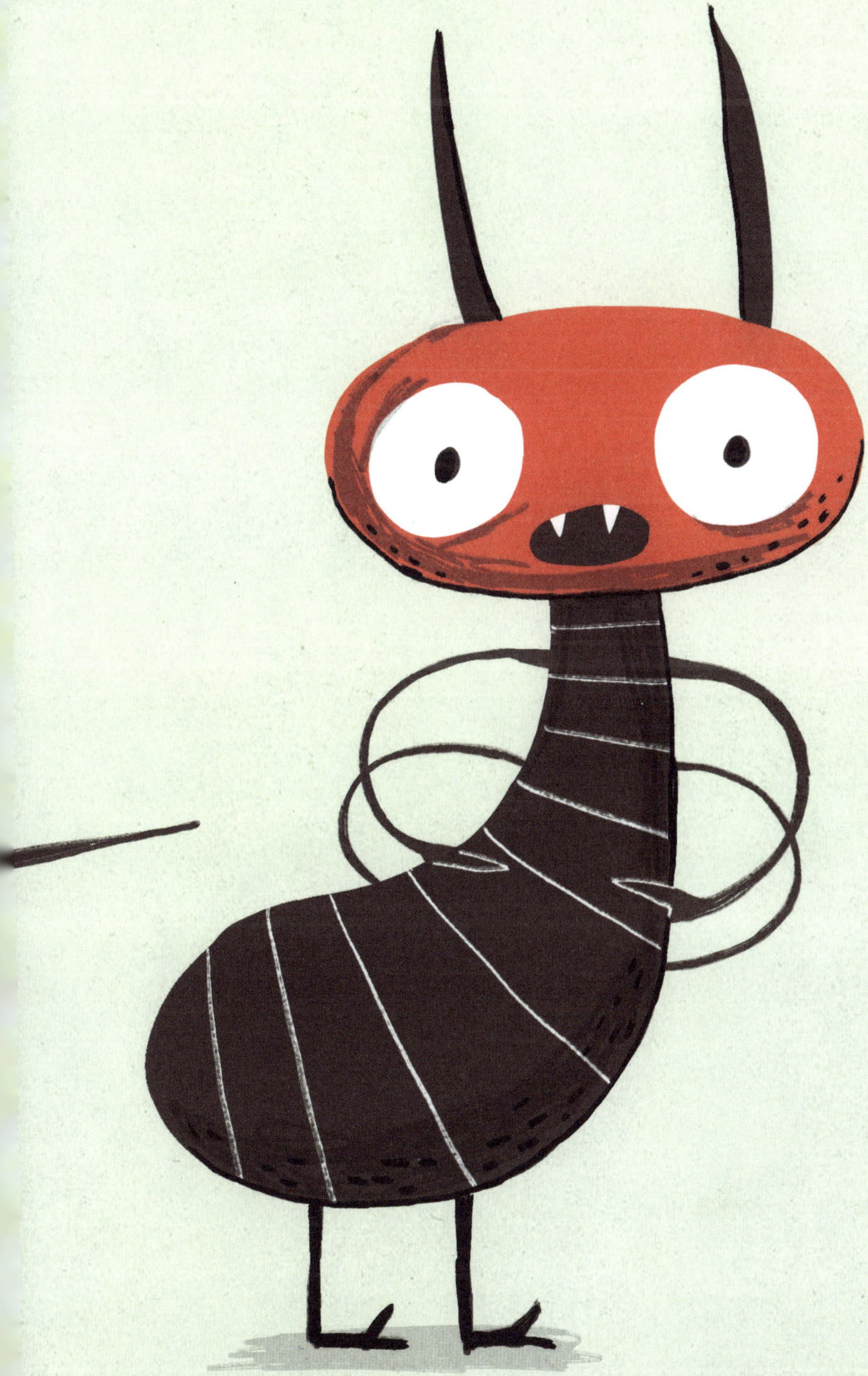

虱子的身体大约

2毫米长,

和芝麻粒儿差不多大。

> 可能我看起来很小,但在你爸爸妈妈的眼里,我比狮子还可怕!

虱子

狮子→

有的虱子的身体是

透明的，

我们甚至能看到它的

胃里面。

啊，我把车钥匙忘在那儿了！

虱子既不会飞,也不会跳,因为它的腿

非常短,

它甚至难以在平坦的表面上行走。

呼呼!呼呼!呼呼!

除非我滑滑板!

不过，虱子的6条腿上都长着小小的

爪子，

爪子可以让虱子抓住又细又滑的头发爬上爬下，灵活地从一根

头发丝

荡到另一根上。

哈哈哈哈！哈哈哈！哈哈哈！哈哈哈！哈哈哈哈！

头虱在

人类

的头上出生、长大和死亡，寿命大约为1个月。这类虱子对其他任何动物都不感兴趣。

啊，是只小狗！我把它留给跳蚤吧。

虱子喜欢吸食

人体的血液,

它非常不耐饥饿,每天需要多次吸血。

我就是吸血鬼之王。

雌虱子每天约产10粒卵。我们把这些卵叫作

虮子。
jǐ

雌虱子用一种特殊的"胶水"把卵粘在头发的根部。

> 这种胶水也适合用来组装我的模型!

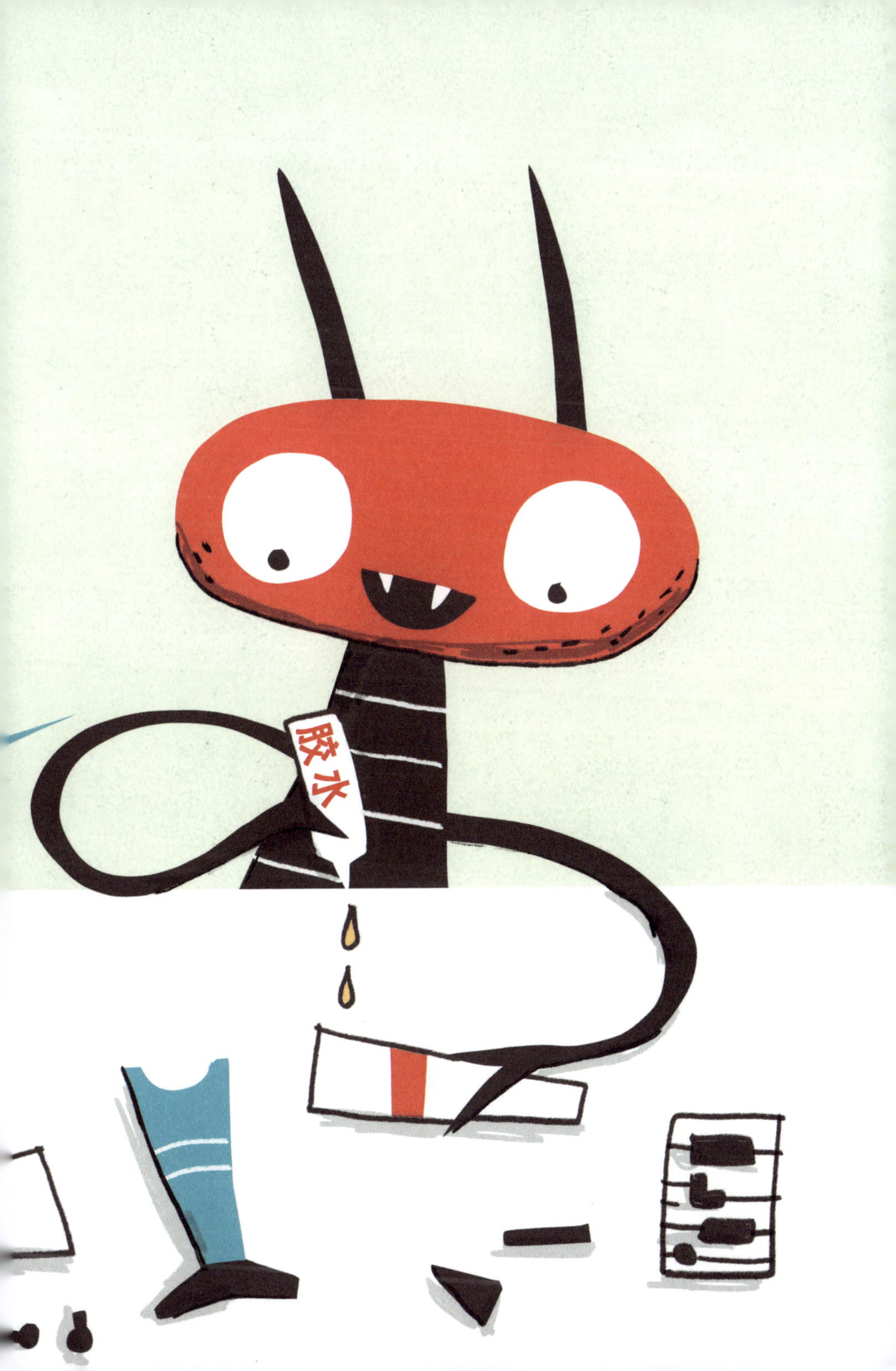
胶水

虮子在孵化前会附着在头发上，温度适宜，8天左右可孵化成若虫幼虱，经过蜕皮后变为成虫又会再次繁殖。如果你没有及时清除它，你的头上很快就会

长满虱子。

从此，它们过上了幸福的生活，养育了许许多多孩子。

为了从一个人的脑袋移动到另一个人的脑袋上,虱子必须等待两个人

头部

的接触,或者等人们交换沾上虱子的脏衣服、脏帽子等物品。虱子才不在乎你身上是脏的还是干净的。

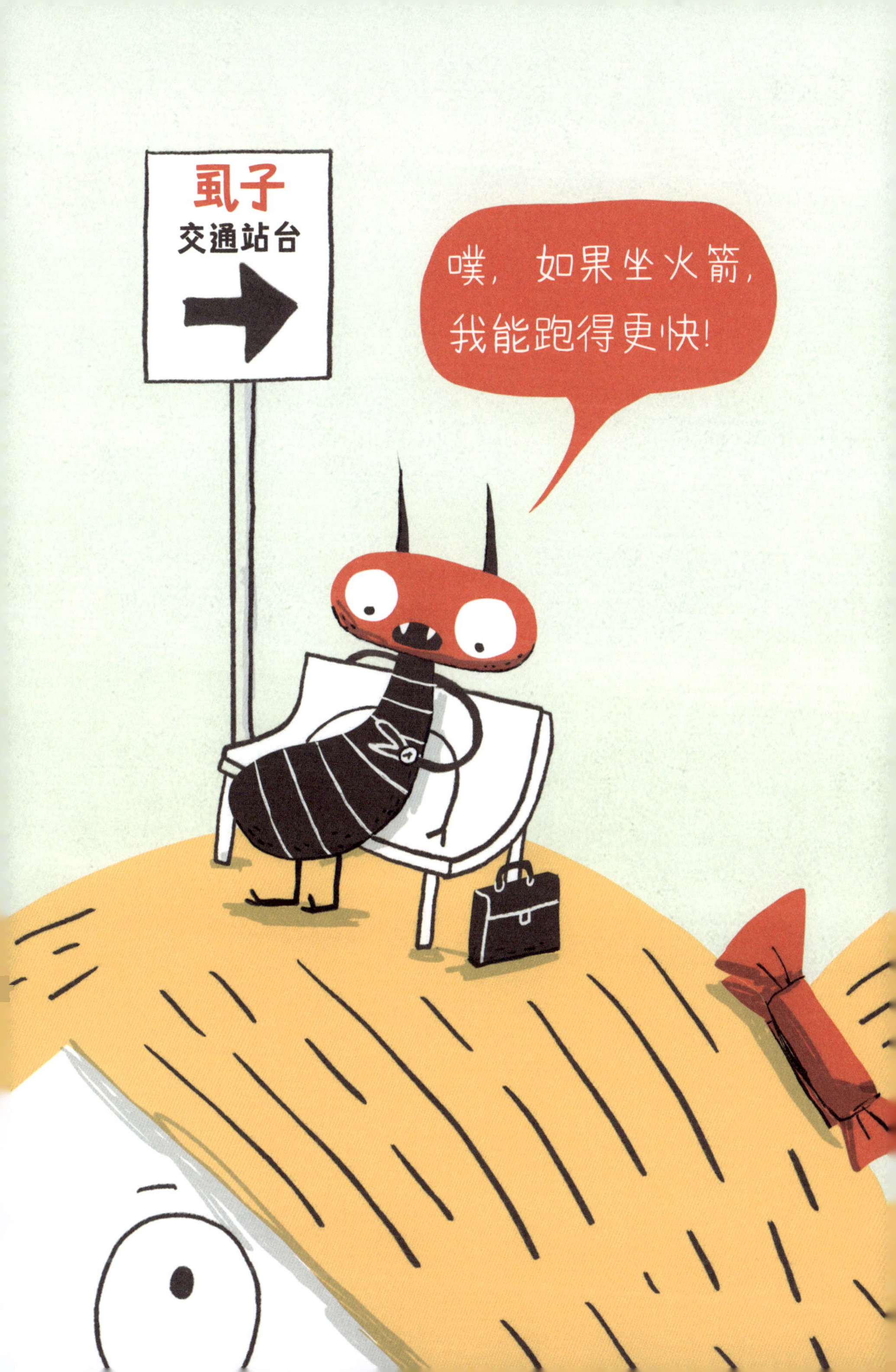
虱子
交通站台
噗，如果坐火箭，我能跑得更快！

虱子虽然

惹人讨厌,

但一点儿也不危险。它只会叮咬你的头皮,仅此而已。

除了我在玩火焰喷射器的时候!

虱子还是有点儿用处的,比如……比如……好吧,的确

一点儿用也没有。

嘿嘿！等一下，你考试的时候，我可以小声告诉你答案！

所以，下次你看到虱子的时候……

快跑呀！

噓！

虱子小档案

独特之处 有的虱子身体透明，而且它既不会飞，也不会跳。

食物 喜欢吸食人的血液。

特长 没有特长。

> 虱子是你有点儿恶心的动物邻居，它看起来跟芝麻粒儿差不多大。而且，还惹人讨厌……